KB269569

엄마의
채송화 꽃밭

엄마의
채송화 꽃밭

서형

좋은땅

작가의 말

　결혼과 육아, 그리고 직장 생활을 병행하며 몸과 마음이 지쳐 있던 30대 시절, 류시화 시인의『사랑하라, 한번도 상처 받지 않은 것처럼』시집을 읽고 많은 위로와 마음의 치유를 경험하였다. 언제부터 이 시집에 우리 집에 있었는지, 내 마음에 자리 잡았는지조차 생각나지 않지만 세월이 지나도 없어질 것 같지 않던 나의 작은 근심과 탈출구 없는 슬픔은 시집을 읽으며 점차 녹아내렸다. 어둠이 물러가고 빛이 오듯, 봄에 꽃이 피어 나는 기적같이 내 마음의 깊은 고름이 짜내지며 치유되고 있었다. 세상 몰래 흘려 낸 그 눈물 속에 나만의 작은 옹달샘을 만들어 내 영혼을 씻어 내며, 오늘을 살고 내일을 살고 인생을 꿋꿋이 살아 낼 힘을 얻었다. 시집을 사 들었던 나의 작은 바람과 기대는 예견된 많은 슬픔들을 미리 막아 주는 역할을 톡톡히 하였다.

　박노해 작가(시인)의 첫 자전 수필집『눈물꽃 소년』을 읽고 작가의 어린 시절 이야기들 속에서 어려운 시절 속에서도 삶을 살게 한 주변 사람들의 수많은 이야기에 눈물을 지으며 나의 어린 시절도 떠올리게 되었다. '2부-엄마의 채송화 꽃밭'은 나의 어린 시절을 담담하고 편안하게 에세이 같은 시로 담았다. 우리는 때론 나의 마음을 말로 표현하고 글로 표현한다. 그리고 소리 없는 심호흡으로 공기 중에 뿌리기도 한다. 어딘가에 내어놓은 내 마음의 한 조각은 또 다른 희망으로 채워지곤 한다. 그 희망은 나 혼자만의 노력이 아니라, 나를 둘러싼 모든 사람들의 희생과 숨은 노고였음을 깨달으며 깊이 감사하게 된다. 어린 시절 부단히도 아껴 살며 고된 노동을 받아들이고 부족한 살림살이를 꾸려 간 어머니와 아버지의 삶에 감사하며 나의 동무로 함께 자라 준 오빠와 남동생에게 감사하다. 어머니는 고된 노동을 하고 시집살이를 살면서도 자식에게 한탄하는 소리 한 번 하지 않으시던 철인 같은 분이셨다. 어머니는 "과거를 후회하지 말고 오늘의 현실에 최선을 다하라"는 말을 늘 나에게 하시며 강인한 정신적 유산을 물려주셨다. 육체적으로는 여유가 없으셨지만 정신적인 여유를 아셨던 엄마는 늘 작은 꽃밭을 가꾸셨다. 정식 꽃밭은 없었다. 좁은 빈 땅들은 엄마의 위로자들로 채워졌다. 채송화, 봉선화가 가장 흔하던 시절이었다. 엄마의 채송화 꽃밭은 집 담을 따라 나란히 펼쳐졌다. 덕분에 나도 꽃이 피어나는 집에서 함께 자랄 수 있었다. 주변에 늘 피던 꽃들은 엄마의 고된 삶의 위로자였고 삶의 동반자였다. 엄마를 위해 피어나고, 언제나 그 자리에서 엄마를 지켜 준 버팀목이었다. 지금도 부지런히 농사를 지으시면서도 틈틈이 빈 땅을 꽃으로 채우시는 엄마의 마음은, 영혼까지 꽃으로 피어나도록 행복해진다. 꽃을 심는 엄마의 마음은 고되지 않았고 지치지 않았고 원망하지 않는 것이었다. 삶을 원망으로 가득 채울 수 있었던 그 시절의 엄마는 구멍 난 마음을 꽃으로 채우셨다. 누구도 아닌, 내 안의 힘으로 내 손으로 만들어 낸 위로였다. 어쩌면 엄마가 아는 유일한 위로였을지도 모르겠다. 엄마에게 채송화 꽃이 그러하고 나에게는 시가 그러했다. 엄마의 친정은 기차로 두어시간 넘게 가야 하는 먼 곳이었다. 몸도 멀고 마음도 먼 그곳에서, 위로를 받기는 더없이 어려웠을 것이다. 엄마에게 제대로 위로하는 법을 몰랐던 어린 시절의 나는, 그 시절의 엄마에게 미안함과 측은함을 느낀다. 찬바람과 비바람 속에서도 피어나는 꽃처럼 엄마의 인생은 잠시 어려웠지만 끝끝내 숭고하고 아름다운 것으로 기억될 것이다.

그 시절 채송화와 꽃들을 심었던 어머니의 마음을 물어보았다. 꽃들을 보며 웃게 되고 마음이 좋아지셨다고 한다. 지금은 가을의 노란 국화꽃이 만발한 것이 참으로 좋으시다고 한다. 세상에 환하게 피어나는 꽃들에 감사하다. 딸이 쓴 시들을 읽으시면서 어머니에게 또 다른 작은 위로가 되었으면 하는 바람이다.

생텍쥐페리『인간의 대지』를 읽으며 온 세상 대지 위 자연은 모두 내 위로자였음을 알게 되었다. "대지 전체와 교감하는 것이다", "네리와 나는 생명이 가져다주는 그 아침이라는 선물을 받을 것이다"라고 생텍쥐페리는 말한다. 가장 외로운 비행의 순간, 가장 처절한 사막 위에서 자연은 나를 외롭지 않도록 지지해 주며 반짝반짝 빛나는 별들과 생명이 있는 아침을 선물한다. 대지 위의 온 자연은 위로자이자 동지이다. 또한 우리에게 진정으로 소중한 것이 무엇인지를 알게 한다. 생텍쥐페리는 비행 중 사막에 불시착하여 생사를 오가는 절체절명의 순간에도, 자신의 시체를 찾아 헤맬 가족을 걱정한다. 가족들이 자신의 시신을 발견할 수 있도록 물 한 모금 먹을 수 없는 사막길을 수일간 마지막까지 사투를 벌이며 걸어간다. 그 처절하고도 숭고한 이 장면 앞에서, 가족의 소중함과 사랑을 느끼게 되었다.

고명환 작가의『고전이 답했다-마땅히 살아야 할 삶에 대하여』를 통해 작가는 "수백 권의 책을 읽으며 '나'가 아닌 '남'이라는 단어를 발견했다"고 했다. 나의 인생은 나만의 것인 양 살았던 우리 삶의 단면을 마음에 들켜 버린다. 나를 살게 했던 수많은 지난 시간을 돌아보면 우리는 '남'보다 '나'가 더 많은 지분을 차지했다는 것을 깨닫게 된다. 우리를 살게 한 수많은 사람들의 마음에, 내가 누리는 하루하루의 시간에, 어린 시절 삶의 경험과 고난마저 우익함에, 과거와 현재의 삶에 감사하게 된다.

　나태주 시인의 〈풀꽃〉 중 '자세히 보아야 예쁘다'라는 구절이 있다. 나를 둘러싼 과거와 현재를 자세히 보아야 예쁘다. 그 과거가 나에게 말을 걸어오며 그때는 몰랐던 나의 사소한 감정들도 되살아나게 하여 나에게 숨겨진 기쁨이 재발견되도록 한다. 때론 마주하고 싶지 않은 과거도 시간이 지나고 나면 고난 없는 성장 없듯 나를 꽃피우기 위해 그렇게도 나를 단련시켰다는 생각이 든다. 그리고 쇠를 연단하는 마음으로 조금은 고통을 덜어내고 조심스레 들여다보게 된다. 용기 내어 자세히 보지 않으면 불투명한 고통은 나를 짓누르며 오래도록 그 고통에서 벗어나지 못하게 하기도 한다. 시는 나와 함께 머물며 그곳에서 용기 있게 과거의 고통을 바라볼 수 있도록 불투명한 막을 걷어 주며 온전한 나를 보게 한다. 그리고 모든 것에 감사와 안도와 기쁨을 누리도록 위로의 선물을 건넨다. 누가 바라봐 주지 않아도 외롭지 않을 단단한 것으로 채워진다.

　시애틀 추장의 연설문 「나는 왜 너가 아니고 나인가」 류시화 엮음 中 "다른 모든 사람과 마찬가지로, 그대 안에 자연의 힘이 있다. 그대에게는 의지가 있다. 그것을 사용하는 법을 배우라. 칼을 갈듯이 그대의 감각을 날카롭게 다듬으라. 우리는 그대에게 아무것도 줄 것이 없다. 그대는 이미 위대해지는 데 필요한 모든 것을 갖고 있다." 고 전설적인 난쟁이

추장(크로우 족)은 말한다. 내 안에 이미 자연의 힘이 있다. 자연을 바라보며 자연 속에 내가 있고 내 속에 자연이 있음을 알게 된다. 유한한 나의 삶이 무한한 자연보다 시간의 형편이 더 낫지 않고 어떤 위로도 나의 유한한 삶이 영원하도록 도울 수 없다. 유한한 나의 삶이지만, 작은 위로들은 무한한 자연과 흐르는 시간 속에서 우리의 존재가 결코 작거나 덧없지 않음을 알아차리도록 도와준다. 이 순간을 온전히 살아내는 것이 가장 큰 위로일지도 모른다. 누구도 거스를 수 없는 자연의 섭리 안에서, 우리가 잠시 머물다 가는 유한한 삶을 슬픔에 잠기기보다 기쁨으로 채워가는 일이 훨씬 유익하다. 자연이 내게 '꽃처럼 아름답게 살다 가라' 속삭이며 위로를 건네고, 나 또한 스스로에게 다정한 위로를 한다. 잠시 슬픔이 찾아오더라도, 우리는 결국 행복을 선택할 힘을 이미 자연으로부터 선물 받았다. 어린 시절의 나를 자라게 한 과거 삶의 터전에서 시로 노래하고 지금 나의 현실에서 시로 노래하며 나의 삶을 외롭지 않도록 마음을 단단하게 연단한다.

　나는 스스로에게 든든한 위로자가 되는 동시에, 또 다른 누군가에게 따뜻한 위로를 건넬 수 있는 존재가 된다. 세상의 빛을 마주할 기회를 주신 부모님과 세상을 살아갈 용기를 준 가족들에게 위로가 되고, 훗날 세상의 빛과 소금으로 살아갈 아들에게 작은 희망을 미리 선물하고 싶다. 또한 우리

라는 이름으로 연대하며 함께 삶을 행복하게 살아 낼 이 글
을 읽는 모든 이들에게 나의 작은 시가 따뜻한 위로가 되길
바란다.

2025년 가을 끝자락
서형

목차

2부-엄마의 채송화 꽃밭

3부-유한한 시간이 말하는 희망

4부-대지 위의 서사시

1부
삶의 행복은 단순함의 미학

의지

누군가에게 봄은
기다려지는 것이고

누군가에게 봄은
기다려야 하는 시간이고

누군가에게 봄은
기다리겠다는 의지다

인생의 고난은
누군가에게는
참아지는 것
참아야 하는 것
참겠다는 의지다

인생의 행복은
반드시
행복하겠다는 의지다

자유

물고기는 평화롭게 헤엄치는 자유를 위해
물길의 거침을 마다하지 않으며

바람은 길 위의 자유를 위해
집이 없는 공허함을 잊고
끝없는 길을 찾는 여정을 마다하지 않는다

나의 자유는 작은 입술 안에 머무는
사랑의 언어를 가두지 않으며

나의 마음에 머무는
진심과 평화를 홀로 두지 않고
세상 어디든 둘 수 있는 것

세상에 머무는 자유
세상에 기억될 자유

스스로가 자유다

가위바위보

가위, 바위, 보

누가 가장 강하냐고
물어본다

가위바위보의
영원한 순례를 지켜보며
인생을 배운다

가끔은 이겨 보기도
가끔은 져 보기도
가끔은 일부러 져 줄 수도 있는

누가 가장 행복한지 겨뤄 볼까

슬픔을 가위로 잘라 버릴 수 있는 용기
어려움을 바위처럼 견뎌 낼 수 있는 강인함
꿈을 보 삼아 펼칠 수 있는 자유

가벼움의 가치

빛이 가볍다 하여
그 가치가 가볍지 않고

말의 모양이 없다 하여
그 내용이 없는 것이 아니며

내 마음이 보이지 않는다 하여
내 진심이 없는 것이 아니다

노랫소리가 가볍지만
즐거움의 무게는 그 얼마인지 가늠하기 어렵다

세상의 가벼운 것들에
그 가치의 무게를 가늠하기 어렵다

귀하다

사막에는 물이 귀하고
다툼에는 용서가 귀하고
전쟁에는 평화가 귀하고
슬픔에는 행복이 귀하다

행복에는 슬픔이 귀하고
사람에게는 꿈이 귀하고
인생에는 시간이 귀하고

나에게는 네가 귀하다

반반의 모순

서로 반반을 나누어 가졌다고
타협에 문제가 없는 것이 아니며

서로 반반 사랑한다고
사랑이 완성되는 것이 아니며

서로 반반 양보했다 하여
평화에 균열이 생기지 않는 것이 아니다

서로 더 많이 배려할수록
이해되는 타협점이 생기고

서로 더 많이 좋아할수록
부족한 사랑도 행복해질 수 있으니

우리는
반반의 모순에서 벗어날 때
살아지는 세상이 된다

저 멀리 날아가는 기러기에게

너의 간절한 사정 알 길 없는
거대한 바람과 거친 바다는
그저,
기러기 날아가는 길 내어 줄 뿐이다

저 멀리 기러기 날아가는 모습을
그저,
여유로운 듯 하늘을 장식하는
새들의 날갯짓으로 여겼지

갈 길 앞에 원망하지 않으며
그저,
가는 이 길이 유일한 행복이라
정해진 운명을 마다하지 않는 너에게

함께 해 줄 것은
그저,
너의 안위를 응원하는 마음뿐이더라
너의 안위를 걱정하는 순간이 비록 짧고

내 사정이 매사에 먼저 앞서는 것은
하늘에 목숨줄 안고
바다 건너는 너의 사정 앞에
한없이 초라한 작은 사정이더라

기러기의 꿋꿋한 날개짓의 품격에
함께 누리는 하늘에 기대어
서로 무사한 것이 가장 큰 행복이라 여기며

오늘만큼은,
행복의 기준을 나 아닌 너로 정해 본다

때론
누군가의 행복이 내 행복이 되기도
내 행복이 너의 행복이 되기도 한다

사소한 사정

개미가 숲길을 걸어가다
비가 내리자 혼비백산한다
사소한 사정일 것이다

비둘기가 하늘 날아가다가
건물 꼭대기에 앉아 잠시 쉬어 간다
사소한 사정일 것이다

매미가 끝여름을 부여잡고
맹렬히 운다
사소한 사정일 것이다

내 삶을 온전히 살아내다가
슬픈 날을 맞이하는 순간도 있겠지
사소한 사정일 것이다

사소한 사정은
나 아닌 타인의 시선이다

마음의 본질

시계가 멈춘다고
시간이 멈추는 것이 아니며

해가 진다 하여
어둠이 모든 것을 감추는 것이 아니며

발걸음이 멈춘다 하여
나의 인생 여정이 멈추는 것이 아니듯

네가 없어진다 하여
너를 향한 나의 마음이 사라지지 않는 것은
너의 본질은 그대로이기 때문이지

네가 없는 이 세상에서도
그리움의 속도가 세월이 지날수록 배가되는 것은
너의 사랑이 나에게 그대로 머물기 때문이리라

꽃과 인생

마음은 무한한데
나누는 것은 유한하고

우주는 무한한데
갈 수 있는 곳은 유한하고

우주의 시간은 무한한데
나의 시간은 유한하다

나에게만 유독 엄격한
시간의 유한함

꽃이 피고 지는 시절이 무한하고
내 인생이 유한하다

온 세상은 무한하고
나 홀로 유한하다

인생의 시간이 유한한 줄

미리 아는 지혜로운 사람은 드물다

무한의 대상이 유한한 나에게
위로한다

너도 꽃처럼
아름답게 살다가라 한다

세상이 기다린다

꽃이 피지도 않았는데
꽃이 피기를 기다리고

아침이 오지도 않았는데
아침을 기다리는 것

분명한 약속도
분명한 대답도 없었다

기다리는 것이 당연한 삶 속에서
나는 무엇이 되어 살아갈지,

나의 약속과 대답을
세상이 기다린다

삶의 의미가 달라진다

오늘 하루를 돌아보며
갖지 못한 것들에 대한
아쉬움을 찾아본다

있으면 좋고 없어도 그만인 것
가져도 좋고 가지지 않아도 그만인 것

내 인생의
상대적인 관계 속에서
때론 필요하다가
때론 필요없어지기도 한 것들이다

하지만
절대적인 관계에 놓인 그 무언가를
일찍, 많이 발견할수록
삶의 의미가 달라진다

의자 같은 사람

내가 선 자리에서 버티는 시간이 아니라
잠잠히 기다리는 것

누군가의 인생에
쉬이 편협ㅈ인 시선을 가지지 않는 것

비어 있는 시간에 대한 공허함이 아니라
비움의 지혜를 가지는 것

기다리는 시간에 대한 무료함보다
이 자리를 채울 누군가를 더욱 기대하는 것

그대 인생의 허전함을, 고단함을, 슬픔을
든든하게 받쳐 주기 위해 기다려주는 사람

어떤 것도 거부의 이유가 되지 않는
그저 삶의 무게를 함께 견뎌 줄
의자 같은 사람이 되어라

미나리꽝

시궁창같이
시커먼 흙탕물에서도
잘 자라는 미나리

미나리 뿌리는
서로의 생명을 지켜내도록
엉켜서 땅을 지탱한다

잘라내어도 물이 더러워져도
미나리의 생명력은 쉽게 꺾이지 않는다

우리의 시궁창 같은 마음속에서
새 물길을 막지 않아야
내 삶이 새롭게 살아내어진다

근원 미상

우리의 미약한 생각들은
작은 돌멩이 하나보다 연약하며

우리의 부러진 마음은
태풍 앞에 꺾여 간 나뭇가지보다 연약하며

우리의 흔들리는 마음은
들판의 강아지풀보다 연약하게 흔들린다

우리가 가진 사랑의 마음은
거센 태풍도 뜨거운 태양도
수억 년 시간을 두고서도 없앨 수 없었다

미약하며
부러지며
흔들리기 쉬운 우리의 마음에
강인한 사랑의 힘은 어디에서 왔는가

연약함에서 강인함이

부서지며 세워진 견고함이
흔들림에서 지탱함이

사랑을 완성해 간다

누구도 태양의 근원을 알지 못하듯
누구도 사랑의 근원을 알지 못한다

삶의 기회

삶의 이유는 단순하다가도
때론 복잡하고 까다롭고 번거롭다

삶이 열정적이면
시간이 부족하고

삶이 무료하면
시간이 넘쳐난다

삶의 방식은 상대적이고
삶의 기회는 절대적이다

오늘 나는 나의 삶의 방식을 정하지만
한 번뿐인 삶의 기회는 정할 수 없다

짓는다

농사를 짓는다
밥을 짓는다
옷을 짓는다
집을 짓는다
시를 짓는다
노래를 짓는다
웃음을 짓는다

인생을 짓는다

사랑의 진실

수없이 많은 모래들이
바닷가에서 진실을 만들어
우리가 누릴 수 있도록
해변을 만들어 주지

수없이 많은 별들이
먼 곳에서 진실을 만들어
우리가 바라볼 수 있도록
우주를 만들어 주지

소복소복 내리는 눈들이
차가운 공기를 뚫고
대지 위에서
하얀 세상의 진실을 만들어 내지

진실은
단번에 생기기도
수만 번에 생기기도

눈에 보이기도
눈에 보이지 않기도

모든 것을 알려 줄 수도
가끔 찾지 못할 수도 있다

진실은
때론 모른 척,
때론 잊혀지기도 한다

진실은 반칙하지 않으며
잊혀질지라도
결코 없어지지 않는다

그대가 나에게 들려준
수많은 사랑의 말들은
많은 사랑의 진실을 만들어 준다

타협

나는 오늘도 세상과 타협을 시도한다

부족하다 불평하기 전에 감사하며 살아내기

시간이 없다 투정하기 전에 미리 서둘러보기

슬픔이 깊어지기 전에 어딘가 덜어 내보기

상대를 비난하기 전에 나를 돌아보기로

신이 나에게 허락한 것

간직하고픈 것만
기억할 수 있다면 좋겠지

아픈 기억은
저절로 잊히면 좋겠지

사랑했던 기억
행복했던 기억
오래도록 기억되면 좋겠지

신이 나에게 허락하지 않은 것은
기억의 선택이다

신이 나에게 오직 허락한 것은
아픈 기억 속에서도
행복해질 선택이다

행복이 오는 중

비가 억수같이 내리는 날
어느 누구도 변명하지 않았지

쓰러져가는 풀과 나무조차도
아침이 오기를 기다리는 것밖에
할 수 없을 때
어느 누구도 원망하지 않았지

슬픈 마음의 흔적이 지워질 때까지
기다리는 것밖에 할 수 없을 때
어떤 행복이 기다릴지
어떤 사랑을 하게될지

의심하고 재촉하지 않으며
서로의 사랑에 대하여
온전히 믿는다면

행복이 오는 중이다

조개껍데기

분명한 너의 사명감 앞에
거친 파도도 그 영역을 침범하지 않는다

단단한 너의 책임감 앞에
부드러운 햇살도 함부로 침범하지 않는다

아무에게나 허락하지 않는
그 속사정의 헤픔도 없이
조개껍데기는
가장 단단한 자세로 소중한 것을 지켜 낸다

토해 내고 싶은 순간에도,
버리고 싶은 순간에도,
끝까지 단순하고 묵직한 책임으로 지켜 낸다

너의 단단한 책임을 보며
작은 진리에서 큰 진리를 연습한다

작은 생명의 회귀

복잡한 선택과 미묘한 생각들로
가득한 이 세상에서

나를 단순한 작은 생명으로 추락시키는
거대한 우주의 생태에서
생존의 길을 만든다

익숙해지기 어려운 차가운 공기와
편안해지기 낯선 대지의 시선이 머무는 곳에서
적당한 무관심과 개인주의가 만연하다

날카로운 판단력과 촘촘한 계획은
오늘 하루 지구에서
살아 낸 생존 반응이다

우주 속 작은 지구 위에
오늘도 나의 집을 찾아 돌아오는
작은 생명의 회귀를 반긴다

살아가야 하는 이유

살아가야 하는 이유를
과거에서 찾기도
현재에서 찾기도
미래에서 찾기도 한다

살아가야 하는 이유가
때로는 나 때문이기도
때로는 타인 때문이기도 하다

나를 사랑한다

시절을 가리지 않고
나를 사랑한다

과거의 나를 따뜻하게 안아주며
현재의 나를 아낌없이 사랑하며
내일의 나를 의심없이 응원한다

현재를 살아가는 것은 잠깐이기에
오늘의 나를 더욱 사랑한다

기억해야 할 것

진실이 두려워지는 순간
차근히 들여다보는 것

진실이 말을 걸어올 때
머뭇거리지 않고 마주하는 것

진실이 점점 사라질 때
용기 내어 분명히 잡아 주는 것

진실이 낯설 때
뒷걸음치며 서 있지 않는 것

진실의 존재는 미약하나
진실의 힘은 크고 오래도록 지닌다

가끔 진실이 없다고 느낄 때
기억해야 하는 것들

사과의 모양

사과의 모양을 이야기할 때
하나의 모양이 없고 하나의 색이 없다

누구에게 너 생각을 전하는 것은
사과의 제각각 모양과 색에 비한다

누구는 제덧대로라 하며
누구는 제덧이라 하며
누구는 개념치 않는다 하며
누구는 다름에 인정이 없다

사과라는 한 단어조차도
누구에게는 편리한 정의고
누구에게는 무례한 정의고
누구에게는 다양한 정의다

즐거움의 모양이 제각각이고
인생의 모양이 제각각이다

기다림은 약속이다

꽃이 다시 핀다 약속하지 않고
떠나 버렸다

바람이 다시 분다 약속하지 않고
떠나 버렸다

말하지 않았다
약속하지 않았다
그러나 나는 기다린다

기다림은 약속을 품고 있다
세상의 약속은 서두르지 않는
우리들의 기다림으로 지켜진다

많은 사랑이 그러하고
많은 기적이 그러하고
많은 행복이 그러하다

미련

미련 가진다고
꽃이 영원히
지지 않는 것이 아니며

미련 가진다고
오래된 시절이 돌아오지 않으며

미련 가진다고
자식을 영원히
품을 수 있는 것이 아니더라

미련 가진다고
세상 즐거움이 영원하지 않으니

미련은
그 끝을 아름답게도
그 끝을 비참하게도 한다

봄날의 꽃을 대하듯

내 인생을 아름답게 살며

봄날의 꽃을 보내듯
이 세상의 모든 순간도
미련 없이 고이 보내리

실패의 두려움

실패의 두려움이
내 마음속에서 요동치는 날
잡을 수도, 볼 수도 없는
그 두려움에 꼼짝하지 못한다
실체 없는 미래의 압박감이
실패의 편에서 나를 찾아다닌다

멈출 수 없는 마음의 두려움이
나와 숨바꼭질한다

두려움의 적은 나이며
나의 실패는
미래가 아니라 지금이다

불확실한 실패의 편에 서지 않고
확실한 성공의 편에 설 때
마음에 지지 않는 내가 되며
두려움은 어디론가 사라진다

어렵사리

이 세상 어디에도 쉬이 핀 꽃은 없다
어렵사리,
비바람 맞으며
간절한 몸부림으로 아름다운 꽃을 피운다

이 세상 어디에도 편히 서 있는 나무는 없다
어렵사리 뿌리 내리고
뜨거운 태양을 맞이하며
오직 하늘과 땅이 허락한 곳에서만
그 자리를 지키며
꼿꼿이 당당하게 그 높이를 드러낸다

이 세상 어디에도 맘 편히 사는 인생은 없다
어렵사리,
세상을 순전히 받아들이고 살아내며
갖은 감정의 소용돌이 속에서
제 갈 길 찾아 행복을 만든다

믿음

꽃이 필 거란 믿음 없이는
씨앗을 심을 수 없으며

바람이 계속 불 거란 믿음 없이는
연을 날릴 수 없다

내일 다시 태양이 뜰 거란 믿음 없이는
우리 삶을 살아갈 수 없으며

깊은 고난 중에도
다시 살아질거란 믿음 없이는
희망을 기다리기 어렵다

믿음은 당연한 것이라는 확신이며 기다림이다

2부

엄마의 채송화 꽃밭

엄마의 채송화 꽃밭 1

하루 종일 농사일하며
흙바닥에서 세월을 보내고
자식을 키우고 인생을 지어 간다

겨우 마무리된 하루 끝에 다다른 집 앞,
담 밑에는 엄마를 반기는 채송화가 피어 있다

고된 인생 한가운데
잠시 짬 내어 심어 놓은 채송화는
잠시라도 엄마를 웃음 짓게 할 요량으로
하루 종일 엄마를 기다린다

흔한 모양으로 피어 잔잔히 앉아
향기가 날 듯 말 듯,
조용히 담벼락을 지키며
엄마의 하루를
엄마의 인생을 지켜낸다

엄마가 내어준 그 자리가

좋아서인지, 고마워서인지,
고된 엄마의 하루를 먼저 반기고 싶어서인지
대문 앞에 나와 앉아
엄마의 발걸음에 맞춰
담 따라 함께 걷는다

그 흔한 모양과 그 흔한 반김이
어찌나 좋았는지
그때의 채송화는 해마다 피어나
엄마 인생의 꽃길이 된다

엄마의 채송화 꽃밭 2

엄마는 꽃을 좋아한다
빈 땅마다, 울타리마다 꽃을 심는다

쉬어도 좋을 그 시간에
꽃을 심어 꽃길을 가꾼다

누군가 선물해 주는 꽃보다
내가 심은 꽃이 더욱 소중한 이유는
나의 삶을 지켜보며 고난의 시간을 함께 나눈
현장의 증인이기 때문이리라

오늘도 엄마는 바쁜 농사철에
채송화를 심고 가꾸며
스스로에게 인생의 위로자를 선물한다

오늘 만든 그 꽃길이
되돌아 엄마의 꽃길이 되기에,
꽃이 피어나는 그 곳이 가장 아름답도록
엄마의 가장 좋은 마음과 정성을 함께 심는다

채송화는 하늘의 비도 맞고
엄마가 흘린 눈물도 맞으며
어느새 꽃으로 피어나
엄마를 웃음 짓게 한다

삶의 고단함과 꽃이 피는 고단함이 므엇이 다를까

서로의 인생길에 고단함을 물어 주고
엄마의 눈물이 이슬처럼 지나가도록 위안하고

고된 시집살이 속에서도
언젠가 엄마의 인생도
아름다운 꽃으로 피어나리라 확신을 주는

엄마의 채송화 꽃밭

아버지의 사랑

생선 가시를 발라
살점을 밥 위에 올려 주시던 아버지

멸치 가루 듬뿍 넣고
구수한 된장찌개 끓여 주시던 아버지

생가자미 삶아 체에 걸러
시원한 미역국을 끓여 주시던 아버지

일을 마치고 집으로 돌아오실 때면
빵을 한 아름 사들고 오시던 아버지

낡은 신발을 버리지 않으시고
신던 것이 편하다 하시던 아버지

구멍 난 셔츠도 기워 입으시며
어디 자랑할 때 없다며 웃으시던 아버지

지금도

날씨가 추워지면
따시게 입고 다니라고 걱정해 주시는 아버지

때에 맞는 사랑을 주시던 아버지,

자식이 밥 굶지 않고 춥지 않길 바라는
여전한 아버지 사랑

노란 장화의 추억

여섯 살 어린 시절
노란 장화를 신고
오빠가 다니는 학교로 놀러 갔다

저 멀리 운동장 끝자락에
그네가 있었다

그네를 타려고
운동장 한가운데로 가로질러 가다가
질퍽한 흙 속에 발이 빠져버렸다

발을 빼면 장화는 그대로
운동장에 홀로 박혀 있었고
장화를 두고 나올 수 없던 나는
우두커니 서 있었다

그때 오빠가 나를 보고 달려와
주저하지 않고, 차근차근
두 손으로 내 발을 장화째 잡아

한 발, 두 발 앞으로 이끌었다

운동장 한가운데를 겨우 지나
그네가 있는 운동장 끝자락으로 데려다주어서
나는 즐겁게 그네를 타고 집으로 돌아왔다

그날의 기억이 악몽이 아니고 추억인 것은
오빠의 친절함 때문이리라

여덟 살 오빠의 모습은
자상하고 책임감 있는 오빠였다

국민학교 다니던 시절의 오빠는
나무 썰매 만들어 얼음판 위에서 놀게 해 주고
강둑과 논둑길 걸어 물고기와 올챙이 잡아 주고
엄마 없는 날 라면 끓여 동생들을 챙겨 주었지

지금도 여전히
그때 그 오빠의 모습과 같다

어머니의 숭고함

하루 종일 일하다
밥 한 끼 굶는 것은
예사요

시간이 언제인지
시곗바늘 쳐다보지 않고
일하는 것도
예사요

자식이 잘되라
내 업보를 짊어질까
슬픔은 홀르 삼키는 것도
예사요

무슨 일이든
걱정부터 앞세우지 않고
앞장서서 일을 하시는 것도
예사요

하루하루 바쁜 일상에
어머니의 꿈을 기억하지 못하는 것도
예사요

과거의 후회로 얼룩지지 않으며
현재의 삶에 충실하며
미래의 희망에 운명을 거는
어머니의 숭고함이여

새벽 종소리

어머니의 일은
밤새도록 마무리되지 않았다

일의 마무리가 확실할 때
마음의 확신도 생긴다

누가 등 떠민 것도 아닌데
어머니는 그러셨다

하루 중의 일이 마무리될 때
하루도 마무리되는 어머니의 시간

환한 보름달을 가로등 삼아
더듬더듬 집으로 돌아오는 길에
아랫동네 교회에서 울려 퍼지는
새벽 종소리는,
어머니 퇴근길의 위로자요
새벽 퇴근길의 목격자이다
누가 알아주지 않아도

어머니 스스로 그 일의 끝에서
책임을 다하는 것은

어머니의 인생을
함부로 대할 수 없다는
근엄한 결단과 의지이다

노란 개나리 철길

노랗게 물든 개나리가 피는 봄
보이지 않던 철길은 노란색으로 역을 알린다

개나리는 분명, 봄마다 피었는데
엄마가 기억하는 개나리꽃은
그날 철길에서만 기억된다

팍팍한 살림에
잊었던 친정집 가는 길은 안 보이고
개나리 철길이 엄마 시집살이의
도착역임을 선명히 알리니 더욱 애잔하다

옥천역 가는 기차표는
역무원이 뚫어 주기 전에
엄마의 눈물로 이미 구멍이 뚫린다

엄마는 기차역에서 김밥 먹고싶다는 나에게
김밥을 못 사 준 게 그렇게 마음에 남는다 하신다

이제,

외할머니도 외갓집도 없지만

개나리는 세월이 지나도 시간의 흔적을 지우며

여전히 그대로의 모양으로 노랗게 피어나

외갓집 가는 길을 잊지 않는다

엄마의 고달프고 서글픈 인생과

개나리 철길에서 흘린 눈물을

못 알아차린 내 어린 시절의 마음이

그 시절 흑백의 노란 개나리로 다시 피어나

엄마의 젊은 시절을 위로한다

엄마의 걱정은 미래에 있다

오늘 저녁에는 무엇을 해 먹을까
장독대와 텃밭을 기웃거리며 찬거리를 준비한다

내일 삼 남매 도시락은 무엇으로 싸 줄까
새벽 일찍 일어나
찬장을 이리저리 뒤져 준비한다

밭에 심어둔 가지, 고추, 옥수수가
잘 자라도록 정성껏 물을 준다

엄마는 과거를 걱정하지 않는다
엄마는 과거를 버려 두고
오늘을 살며 내일을 준비하는 걱정을 한다

지름길

큰길 두고
좁은 길 따라
학교로 가는 지름길이 있었지

그 지름길은 혼자 걸어갈 만큼
좁고 풀도 무성하였지

세월이 흘러도 내 기억 속 발걸음은
가끔 그 길을 걸으며 학교로 가곤 한다

내 마음은
내 생각은
내 추억은
그 길로 걸어가는데,

다시 그 시절로 돌아갈 지름길은 없네

아픔이 아픔을 위로한다

우리 집 담에 탱자나무가 자라고 있었지
탱자나무에 가시가 뾰족뾰족 돋아난다
찔리면 손바닥 깊숙이
상처가 난다

난데없는 탱자나무의 기습 공격에
너와 나는 친해질 수 없음을
여러 번 다짐한다

뾰족한 가시 틈에
탱자 열매를 품은 것이
마치 고슴도치가 새끼를 품은 듯하다

너에게 소중한 무언갈
지켜 내기 위해
그토록
뾰족한 마음을 가졌구나

너의 외롭고 아픈 아픔이

오래되었구나

때론 누군가의 아픔이
나의 아픔을 위해 희생되곤한다

너의 아픔이 우리 집을 지켜 냈구나

아픔이 아픔을 위로한다

그랑

윗마을과 아랫마을을 관통하는
그랑에서
마을 아주머니들이
얼굴을 맞대고
빨래를 한다

커다란 다라이에
빨랫감, 빨래 방망이, 빨랫비누 넣어서
머리에 이고 하나둘 모여든다

꾸정물 씻겨 내려가는
그랑에서
세월에 찌든 사정도 함께 씻겨 내려간다

농사일로 바쁜 엄마는
오늘은 그랑에 보이지 않는다

예닐곱 살의 나는 엄마를 돕기로 혼자 결정한다
수북이 쌓인 빨랫감을 고사리손으로 뒤져

그랑

양말들을 찾아낸다

양말과 빨랫비누통을 들고
그랑에 가서
작은 빨래를 한다

그날의 나에게는
재미있는 빨래 놀이였지만
엄마의 바쁜 하루가
조금은 수월했을까

어른들의 삶 속에서
나의 작은 삶도 함께 자란다

그랑 : '개울'의 방언, 골짜기나 들에 흐르는 작은 물줄기
다라이 : '대야'를 속되게 이르는 말

한여름 밤의 사정

한여름,
온 동네가 시끌시끌하도록
개구리들이 울어 댄다

개구리들은
배가 고픈 건지
엄마를 찾는 건지
노래를 부르는 건지

그 사정을 일일이 내가 알 수 없다
누구도 옆집 사정을 대놓고 알 수 없다

우리 집 사정은
부모님이 일을 늦게 마치시는 날,
자주 저녁밥을 밤 9시 넘어서 먹는 것이다

오늘은 김치밥국이다

커다란 냄비에

물넣고, 국멸치 몇 마리 넣고, 식은 밥 몽땅 넣고
묵은 김치, 떡국, 땡초, 다시다, 국간장 넣어
팔팔 끓이고 마지막에 계란 탁 풀어서
엄마는 뚝딱뚝딱 바삐 음식을 만든다

엄마의 밥상 앞에 밥투정은 없다

온 세상 개구리도 잠재울
꿀맛이다

부모의 결단

부모가 자식을 사랑할 때
끝까지 사랑할 결단을 한다

부모가 자식을 키울 때
언제나 아프지 않게 하겠다는 결단을 한다

부모가 자식을 가르칠 때
반드시 바르게 키울 것이라 결단을 한다

자식이 세상을 원망할 때
마음이 무너지지 않도록
끝까지 너의 편이 되어주겠다는 결단을 한다

무수한 결단은
무수한 사랑의 증거요
무수한 용서의 결과요
무수한 희생의 과정이다

자식 키우는 기쁨

자식 고사리 손잡고
넘어질까 함께 사뿐히 걷던 기쁨이요

자식 앵두 입술 속에 숨겨 둔
엄마, 아빠의 첫소리를 들었던 기쁨이요

자식 두 손에 잡은 밥숟가락으로
밥 한술 삼키는 모습을 바라보는 기쁨이요

자식의 슬픔이 환한 미소로
바뀌는 순간을 보는 순간의 기쁨이요

아름다운 인생을 살아가길 바라며
자식 앞길에 소원을 빌어 주는 기쁨이요

내 인생의 마지막 순간까지
함께 나누며 바라보는 것이
나의 마지막 기쁨이겠지

아궁이

해 넘어가기 전에
일찍이 아궁이에 나무 장작 넣고
풍로를 돌리며 오늘 밤 추위를 미리 몰아낸다

불쏘시개에 불을 붙여 풍로를 돌리면
활활 불이 붙기 시작한다

아궁이 무쇠솥 안에 물을 부으면
김이 한 움큼 올라오고
방바닥도 뜨끈하게 데울 채비를 한다

밤새 그 겨울 추위를 맞이하며
마음에도 없이 조아린 뱃등도 펴지고
인생의 추위도 녹여 낸다

타닥타닥 타들어 가는 불길 속에
고단한 삶의 사정도 함께 태워 버린다

사랑할 기회

나보다 자식에게
공부할 기회를 주었고

나보다 자식에게
행복할 기회를 주었고

나보다 자식에게
좋은 옷 입을 기회를 주었지

나 자신보다 자식을 더욱 사랑함에
시간도 돈도 부족하였지만

그 사랑의 순간은 고단치 아니하며
내가 사는 이유라네

누가 나의 인생의 기회를
뺏어 가지도 않았건만
자식을 사랑할 기회를 얻었다네

사소한 후회

봄날, 온천지에 핀 꽃들에
올해 보러 가지 못해도
내년에 다시 만날 거라
반가움을 미루었지

가을날,
온 천지 구석구석 내리는 빗줄기를
언제 그칠지 타박하며
내리는 비에
고마움을 미루었지

우리 아들 어릴 적 사랑스럽던 시절
언제나 그대로일 줄 알고
마음껏 눈에 실컷 담지 못했지

그 시절 다시 되돌아오지 않아
내 기억은 미루어지고
잠시 잊히기도 하지

내 일상의 촉박함과
시간을 되돌릴 수 있다는 착각 속에
잠시가 먼 시간이 되었다

사소한 후회가 남지 않도록
오늘 하루와 올해 봄을
카메라에 담고 눈에 담고 마음에 담아
오래 기억해야겠다

3부

유한한 시간이 말하는 희망

모래성

바닷가에서
모래 한 줌 가득 퍼서
모래성을 지어 본다

만들다 무너질 때면
조금 더 견고하게 모래를 다독여 가며
잠시 나의 집이 되고 추억이 될
나만의 모래성을 다시 지어 올린다

영원하지 않을 것을 알면서도
무너질 걱정은 내려 두고
꿋꿋이 모래성을 지어 간다

힘찬 파도 앞에
무너지는 것이 당연한 듯
미리 예견된 무너짐에 익숙하다

영원하지 않을 내 인생을
모래성 짓는 행복한 마음으로

견고히 다지며
오늘도 다시 지어 올린다

내가 오늘 지어 올린 모래성은
파도가 오래도록 기억하며
그 추억을 바다의 이야기로 남긴다

영원하지 않아 슬퍼하기보다
모래성을 쌓으며 웃던
나의 즐거운 기억만
가지고 집으로 돌아간다

파도 앞에서 무너진 것은
내 전부가 아닌 단지 오늘 하루이며
작은 슬픔이고 작은 절망이다

매일 다시 만들어 가는 것이 인생이더라

꽃의 미소

따뜻한 봄날에 아름답게 핀 꽃 한 송이를
가만히 들여다보며 기뻐하였지

잔잔히 웃고 있는 너의 모습 속에
슬픔이 숨어 있는지 몰랐지

봄날 동안 서로를 바라보면서도
고단함이 숨어 있는지 몰랐지

언젠가 떠날 거란 소식에도
두려움보단 덤덤한 너의 모습을 바라만 보았지

가끔 울 수도 있는데
미소로 대답하는 것이
유일한 너의 방식 앞에
도저히,
자세히 물어볼 수 없구나

무엇이든 나에게

너의 이야기 조금 들려주고 가도 괜찮았을 텐데

그 모든 슬픔, 고단함, 두려움
모두 가지고 가 버렸구나

그냥 그럴 것 같던 내 인생에
너의 아름다움을 남겨 주었구나

상선약수(上善若水)

꽃은 스스로 피어
그 아름다움을 증명하고

강물은 스스로 흘러
가는 길의 설움을 잊어버리고

바람은 제 갈 길을 찾아
말없이 스스로 떠나가고

산은 홀로 높아
존엄한 자태를 스스로 돋보인다

무엇이나 홀로되지 않은 것들이 없고
자유롭지 못한 것이 없다

그렇지만, 홀로 떨어진 것도 없다

老子(노자) 上善若水(상선약수) : 가장 위대한 선(善)은 물과 같다.

시간의 명분을 앞세워

봄이 빨리 오기를 바라며
대지의 시간을 억지로 당겨와
봄의 기운을 먼저 맞이할 수 있는가

겨울이 오기를 기다리며
제 손으로 가을을 몰아내고
추위를 미리 맞이할 수 있는가

내 소망의 마음을 앞세워
운명을 미리 당겨올 수 없는 것인데
명분 없는 미약한 서두름이다

운명의 질서 앞에 온전히 순종하고
온전히 내 순서를 기약하며

나의 겨울이 봄이 되기를
시간의 명분을 앞세워 기다린다

시간의 무덤

어떤 순간이 기억나지 않음은
시간이 남긴 잔해조차 허락하지 않는
공허한 시간의 무덤

잊혀지기를 거부한다는 것은
시간이 그때에 멈추어
함께 묻히지 못한 것

무엇을 기억할지,
무엇을 잊어야 할지
정해지지 않는 이 삶에서
시간은 그 스스로 무덤을 만든다

아련히 떠올려야 할
명확하지 않은 그 시간 속으로
영원한 기억이 가끔 허용될 때
내 시간의 무덤에서
나는 탈출을 시도한다

나의 미약한 능력

내가 세상에서
가장 아름다운 언어를 가졌을지라도
아름다운 꽃 한 송이 피우지 못하며

내가 세상에서
가장 섬세한 손재주를 가졌을지라도
섬세한 잎사귀 한 장 만들지 못하며

내가 세상에서
가장 밝은 눈을 가졌을지라도
누군가의 슬픔과 외로움 모두 볼 수 없기에

세상에서 인정받는 능력이
때로는 아무것도 아님을 알아차리고
세상에 겸손하며
오늘 나에게 주어진 모든 것이
기적임을 깨닫는다

오상아(吾喪我)

어제의 슬픔을 잊은 그대는
온전히 다시 떠올라 빛을 발한다

어제의 환란은 그대의 심장을
두 개로 쪼개지 못하고
오늘도 그대는 온전한 심장을 지닌다

어제의 빛은 모두 소진되고
오늘의 빛은 다시 만들어진다

소망의 힘은 기억의 소실이요
게으르지 않은 무심함과
내일을 소망하는 단순함에 있다
오늘을 다시 열심히 사는 삶으로
새로운 내가 매일 태어난다

장자(莊子) 제물론(齊物論) 中 오상아(吾喪我) : 참된 나는 무상히 변화하는 나를
잃어버려야 찾을 수 있다.

지나친 하루에 대하여

오늘 하루가 지나고
어둠이 세상을 뒤덮을 때
나는 무엇을 지나쳤는지
생각해 내야만 했다

보이지 않는 깜깜한 밤에
가려진 내 마음 안을 다시 들여다보려
오늘 져버린 태양을 다시 끄집어내어
내 마음을 비추어 본다

나의 하루가 초라해지지 않도록
나의 하루를 되짚어 미세한 방심을 찾아낸다

내가 무심했던 존재에 온기를 보태고
내가 바랬던 세상에 대해 용기를 보탠다

내일 다시 맞이할, 온전한 하루를 위하

밤

캄캄한 밤
무엇도 선명하지 않게 되는 때
시간도 공간도 마음도

내 분명한 것들의 경계가 옅어진다

하늘과 땅의 오묘한 경계
시간과 시간의 연속되는 경계
선과 악의 분투한 경계
생각과 생각의 다른 경계
너와 나의 구분된 경계

너와 나 사이의 경계도
어둠으로 덮어지며 하나로 위장된다

이기적 사유도
모진 공격도
억지스런 웃음도
잠시 어둠으로 포장된다

모든 것이 잠시 멈추며
생각의 다름도 삶의 경계도 잠시 무너진다

모두의 생각은 한밤의 멸실에서 합의를 이룬다

모두의 마음이 하나 되어
내일의 태양이 다시 뜨기를 소원한다

우리의 삶이 연장되어야 하는
명확한 명제 앞에서는
생각의 경계를 분명히 나누어 가지기 어렵다

흠결 1

멀리서는 보이지 않던 티끌의 존재도
가까이에선 흠결이 된다

저 멀리 별들을 바라볼 때
별들이 내 삶의 흠결을 찾을까
내 앞날의 소망을 바라보듯
매일 밤 그 흔적을 지워본다

지워지지 않는 작은 삶의 착오는
어느새 시간의 연속성 앞에
작은 발자취를 남기며 누구에게나 흠결로 남는다

우리의 흠결은
멀리서는 보이지 않는 우주의 티끌이지만
내 눈앞에서는 커다랗게 보이며
내 삶이 오만하지 않도록 고개 숙여 인사한다

흠결 2

흠결 있는 구름을 본 적 있는가
흠결 있는 비를 맞아 본 적 있는가

생명의 모든 순간에 흠결이 있으나
거대한 대지는 의식하지 않으며
큰 목적 앞에 흠결은 사라진다

사랑 앞에 수많은 흠결은
미리 그 흔적을 감춘다

언제나 사랑 앞에서는
서로의 흠결이 용인될 수 있는

너와 나

주어진 만큼

흐르는 강물 속에 산다면
지나간 그 물길에 집착하지 않으리

거대한 파도 속에 산다면
오늘 지나간 파도를 기억하지 않으리

새들과 함께 산다면
하늘 끝까지 가 보지 못했다 후회하지 않으리

봄날의 꽃이 되어 피어 본다면
잠시 피어난 그 시절의
짧은 시간을 탓하지 않으며
가장 아름다운 꽃을 피우리라

오늘 나에게 주어진 삶의 순간을
주어진 만큼 행복하게 살다가리

주어진 만큼

흰머리

새카만 머리 속에 흰머리 한 올이
내 마음을 어지럽힌다

뽑을까 말까 망설이다
한 올 뽑는 순간,
내가 늙어 가는 걸 감추려는
작은 자괴감과 세월을 이겨 보겠다는
작은 결심도 함께 뽑힌다

흰 머리카락이
내 앞머리를 잔디밭처럼 점령했을 때
나는 비로소 받아들일 준비를 한다

지나온 시간을 받아들이고
지나온 나를 돌아보며
지나온 나의 삶을 사랑한다
그리고,
지나갈 남은 삶을 사랑한다

어둠의 굴복

내가 가장 두려울 때,
내가 가장 나약할 때,
기다리지 않아도 오는 어둠의 시간이 있다
끝나지 않을 것 같은 그 어둠이
내 침몰해 가는 영혼을 잠재울 때
새벽은 어둠의 지배를 관망하지 않고
어둠을 무력하게 만들어
두려움도 나약함도
어느새 침략자로 전락하게 만든다
새벽이 만들어 낸 아침은
내 영혼의 침몰을 막아내고
내 인생의 씁쓸함을 몰아내며
어둠을 굴복시킨다

화석

기억의 조각은 여기저기 흩어지며
시간이 지날수록
희미해지다 점차 사라진다

사라지는 순간의 슬픔은 무뎌지고
가끔 시대를 지나며 사랑은 굳어져
역사의 끊임없는 상실로 이어진다

오랜 시간보다
무엇을 남겼는지가 중요해지는
보편적 증거물

그대의 거대한 사랑이 그러하고
그대 빈 자리의 그리움이 그러하다

많은 기억은 사라지고
그대를 향한 내 마음만이
내 영혼에 화석으로 굳어진다

선물

선물로 받은 우리 인생

마음껏 웃을 수 있는
인생을 그대에게 선물하오
마음껏 생각할 수 있는
인생을 그대에게 선물하오
마음껏 사랑할 수 있는
인생을 그대에게 선물하오

하지만, 선물에 실망하지 마오

원하는 만큼 그 시간을 누릴 수 없소

당분간 받은 선물이니 실망하지 말고
그저 감사한 마음으로
마음껏
웃으며 생각하며 사랑하길 바라오

선물

해는 어제의 빛을 기억하지 않는다

해는 어제의 유업은 기억하지만
어제의 빛은 기억하지 않는다

오늘의 해가 여전히 뜨거운 것은
어제의 뜨거움을 잊었기 때문이다

바람이 지난 자리를 잊고
다시 부는 것처럼
봄의 청보리는 어제의 추위를 잊고
오늘의 태양을 반긴다

나의 과거 유업을 가슴에 묻고
오늘의 나에게
새로운 유업을 만든다

희망은 저물지 않는다

해가 뜨면
온 세상 가득한 빛들이
제자리를 찾아 한바탕 소란을 일으키며
생명의 사투를 돕는다

해가 지면
온 세상 가득했던 빛들이
그 자리에 멈추며
웃음을 잃은 아이처럼
시무룩하게 지는 해를 바라본다

해는 뜨고 지는 일에 익숙하고
시작이 있으면 끝이 있는 것이
우리 삶의 유일한 방향이다

끝이 없는,
영원한 삶의 예외 규칙을 찾아
오늘도 나는 지는 해를 바라본다

희망에는 이별이 없고
희망에는 낙심이 없으며
희망에는 시간조차 무의미하다

끝이 있다면 희망의 끝도 있어야 하지만
분명한 시작도 끝도 없는 이 지구에서
희망은 오래도록 그 시작도 끝도 알리지 않은 채
영원토록 우리에게 들키지 않으며
생명의 연속성을 보장한다

해가 뜨고 지는 시간의 굴레 속에서
희망은 저물지 않는다

기다림이 길지 않은 이유

기다림이 길지 않은 이유는
너를 만난 따뜻함을 기억하기 때문이지

갑작스런 기다림도 없고
잊어야 하는 기다림도 없으며
기다리는 내가 더 행복해져서
오히려 미안해지는 것

마음껏 고대하며
온전한 시간을 상상한다

과거의 떨림과 현재의 기대가 만나는 곳
봄-

올해의 봄이 기다려지는 이유는
지난 봄이 아직도 내 마음에 남아 있기 때문이지

4부

대지 위의 서사시

생명의 연대

생명이 잉태되는 순간
대지의 모든 것들은 연대한다
연대의 의미, 연대의 방법, 연대의 범주도
누구에게 따져 묻지 않는다

연대의 시간에
홀로 있는 생명은 없다
혼자라고 느끼는 것은
내 외로움의 거짓된 증거이리라

우리는 대지의 연대에 협조해야 한다

누가 지켜보지 않아도
누가 강제하지 않아도
우리는 연대 속에 살고 있다

거부할 권한 없는 생명의 연대
우리라는 연대로 거대해진다

누구에게나

겨울 찬바람에 지쳤다 하여
미리 항복하는 꽃이 없음에

봄이 덧없다 비소하며
먼저 절망하는 꽃이 없음에

봄의 따스함보다 냉정함을 기억하는
편협한 꽃이 없음에

세상이 야박하다 탓하지 않는
꽃의 순정이어라

누구에게나 찬바람은 불지만
누구에게나 꽃을 맞이할 봄은 있다네

꽃이 시들다

꽃이 피어나
나는 행복했지만
꽃이 시들었다

언제 시들었는지
알 수 없었다

꽃이 먼저
시든 것이 아니라

꽃을 바라보는
내 마음이 먼저 시들었다

그대 바라보는
내 마음이
먼저 시들어 가는걸
눈치 차리지 못했을까

소나기

거대한 자연 앞에서
거침없는 고뇌를 본 적 있는가

거침없는 고뇌는
인간에게 한정된
짧고 얕은 소나기더라

모과

그 어떤 것이든
내 모습이 아닌 다른 것을
닮고 싶었다

어쩌면,
나조차 익숙해지지 않는
나의 모습

세상이 나를 편견으로 대할 때
끝까지 지켜 낸 나의 모습

내 목숨이 떨어지고 나서야
세상은 나에게 다가온다

나는 세상의 편견에 향기로 답한다

꽃이 피는 동안 하늘은 그토록 비어 있었다

꽃이 피는 순간,
온 세상은
꽃이 마음껏 피어나도록
하늘을 비워두며
그 자리에서 꽃을 맞이한다

온 세상은
꽃의 향기가 마음껏 퍼지도록
하늘을 비워두며
그 자리에서 꽃향기를 맞이한다

그 어떤 섭섭한 감정으로도
꽃을 비난하지 않으며
그 어떤 무모한 감정으로도
꽃의 여정을 방해하지 않는다

자유와 자유가 만나는 그곳,
내가 이 세상의 꽃이 되어 꿈을 펼치리

별은 그 자리에서 빛난다 1

잔잔한 밤하늘에
찬란한 태양같이 밝게 빛날 꿈을 꾸며
조용한 인내로 생명을 연장하며
사라지지 않으려는 사투의 현장을
가장 별다운 빛의 이야기로 지어낸다

모두가 박수 쳐 주지 않아도
모두가 기억해 주지 않아도
수억 년 전 별들의 서사는
오늘 밤에도 지켜진다

혼돈과 자멸이 만들어 낸 오래된 작품이며
오래전부터 준비한 빛날 시간의 계획이며
과거의 이야기를 오래도록 지켜 낸
수억 년 전 너의 반복된 약속이지

죽어서도 죽지 않는 빛의 힘이요
오래전부터 빛나던 너의 영광이지

오늘 밤,
수억 년 전 너를 마주하며
오랜 너의 이야기를 내 머리 위에서
들으며 잔잔히 잠든다

나의 이야기도 언젠가 별이 되어
누군가의 밤하늘에서 반짝이겠지

별은 그 자리에서 빛난다 2

수많은 이가 잊어간 밤하늘의 시간에도
수많은 세월을 버려졌다 여기지 않고
여전히 광활한 우주의 어디선가
빛을 준비한다는 너의 소식에
매일 밤 기다려 본다

멀리서 빛나지만 여전히 그리우며
더는 가까워질 수 없는 너와 나

매일 밤 허공에 다시 만날 믿음을
만들어 내며 기다린다

별이 사라지지 않는 이 밤,

너는 별빛을 만들고
나는 믿음을 만든다

벚꽃

벚꽃이 환하게 피어나며
하늘을 웃게 만들고
봄을 웃게 만들고
나를 웃게 한다

꽃을 피우는 것은 네 몫이지만
꽃을 보고 웃는 것은 내 몫이다

서로에게 봄이 되어 주며
봄의 추억이 아름답게 남도록
나 역시 벚꽃을 향해
함박웃음으로 반가워한다

활짝 피어 짧게 누리는 세상이
당분간 아름답다 여기도록
서로의 형편을 묻지 않고
서로 웃어 준다

봄날의 소환

봄날의 쑥은
그 자리에 소복이 앉아
봄바람이 볼기짝을 때려도
아랑곳하지 않고
제 모양대로 자라난다

돋아날 때를 놓치지 않고
그때의 시간을 기억해 낸다

바람이 세차게 불수록
쑥향은 더욱 짙어져
바람 속을 뚫어 버린다

작년 봄날의 생동감을 기억하며
누구 하나 게을러지지 않고
봄의 앞자리를 차지하며
이른 봄의 시작을 알린다

눈치 보지 않고

온 세상에 쑥향기를 내뿜으며
다시 봄을 만들어 간다

과장되지도, 과소평가되지도 않은
봄날의 기억을 소환한다

봄날의 쑥떡으로
봄날의 쑥버무리로
봄날의 쑥국으로

소나기 지나간 뒤에

소나기가 세차게 쏟아지며
짧은 호흡 속에
대지는 가쁜 숨을 내쉰다

잠깐의 소란은
생명의 연속성을 담보하며
미련 없이 그 자리에서 사라진다

소나기의 여운은 대지에 머물고
하염없는 되새김질로
새싹을 틔우며 생명을 잉태한다

소나기가 그친 뒤
뒤늦은 소회로
생명을 말한다

무작정

꽃은 봄에 피어나기 위해
봄을 무작정 기다리는
무모한 계획을 세운다

파도는 먼 바다에서 무엇을 노리듯
무작정 해안가로 달려갈
무모한 계획을 세운다

땅속에 무수한 풀들은
생명을 증명하기 위해 끊임없는 도전을 하며
무작정 대지를 뚫는다

그것이 우리의 삶의 이유와도 비슷하다

우리의 삶은
무작정 행복하게 살아 낼
계획을 세운다

해피 엔딩

아침부터 세차게 내리는 비는
하늘을 비웃듯 한없이 내리네

비우고 또 비우며 한나절을 땅 구경하듯
땅이 그리워 다시는 못 올 듯
한없이 내리네

무자비하게 쏟아지는 비를 감당하기보다,
오롯이 체념한 듯 반긴다
오락가락한 너의 마음
헤아릴 길 없이 비가 그치길 기다린다

이유를 물어 따져 보고 싶기도 하지만
순전히 사랑했던 것처럼
함께하고 싶었다 말해 주면 좋으련만

비가 그치고 땅에 대한 서사시가
마침내 무지개를 띄우며 제목을 완성한다

아름다운 사랑의 서약
무지개-

비가 그치고 그 결말이 무지개라면
누구도 싫다 하지 않을
해피엔딩

태양 1

매일 아침
환한 미소의 빛으로
대지를 비추는 태양이여

노려보면 눈이 부시고
무시하자면 뜨겁게 내 머리를 내리쮠다

하는 수 없이 어렴풋이 너의 존재를
기억하며 실눈 뜨고 그대를 바라보면
나를 향해 먼저 웃어 주는 그대여

그대가 보인 미소 앞에
박수보다 안도를
찬사보다 감사를
그대 없는 하루는
상상할 수 없었지만
꽤 많은 날 잊어버렸지

언제나 내 인생의

피에로가 되어

삶의 이유를 만들고
삶의 여유를 만들고
삶의 터전을 만들어 준

그대의 위대한 미소여

영원하라

태양 2

누구보다 가장 빛난다
누구도 너보다 빛나려고 하지 않는다

가장 빛나는 순간에도 겸허하며
빛을 잃어 가는 순간에도
미련으로 붙잡지 않으며
그 하루를 온전히 내려놓는
고결한 겸손도 지킨다

네가 빛날 때 나도 빛나며
가장 위로가 필요할 때
가장 큰 위로로 한없이
나를 지켜 준다

오래전부터 지켜 내는
그대의 위상 앞에
내 사랑의 끝은 분명하나
네 사랑의 끝을 알 수 없다

순간의 존재

안개 무리 속에
고즈넉이 비스듬히 앉아
작은 이슬 한 방울 만들어 낸다
지지부진한 시간의 틈을 뚫고
온 잎사귀마다 은빛으로 자리한다

차가워진 공기는
더 이상 너를 품지 못하고
이상의 세계, 잠결의 세계로 흘러간다

잠결에 부딪힌 그곳에서
잠시 쉬어 가고 싶었는데
허무하다 소리칠 겨를도 없이
아침 해의 손길이 스며들며
그렇게 고상히도 사라지는구나

잠시의 시간이 영원이 되는
지체할 수 없는 순간의 존재여

대지 위의 서사시 1

하염없이 퍼 주고 내어주며
삶을 살게 하는 너의 바지런한
우물쭈물하지 않는
대지의 숭고한 삶 앞에

기다려 달라
미안하다, 미워한다
말의 언어는 품어 본 적도 없는
거대하고 결백한 너의 마음 앞에
오로지 경외만이 남는구나

외침도 없이, 외로움도 없이
남은 마음이 바닥나지 않기를
열심 없이도 당연한 듯
믿어지는 믿음의 땅이여

나는 너를 끝까지 믿어 본 적 없는데
너는 나를 한없이 믿어 주며
한 톨의 의심도 심지 않는다

그 어떤 시대와 상황 앞에서도
생명의 시작과 끝을 숭고하게 기리고
쉬이 편 가르지 않으며
넉넉하게 품어 주며
모든 것이 다할 때까지 기다려 주었구나

나보다 앞선 시대정신과
역사의 한 줄기도 버리지 않고
고스란히 간직한 투철한 사명감으로
우리들의 현재를 만들어 낸다

고요한 숨결을 내쉬는 대지는
세상에서 돋보이지 않는
조연을 스스로 자처하며
세상의 생명을 조력한다

대지 위의 서사시 2

땅,
무심한 듯 반듯한 미덕이요
때론 바라보지 않아도 생각하지 않아도
믿어지는 미덕이지

달그락 달그락 소리에도 놀라지 않으며
섬세한 침묵에도 오롯이 침묵에 대항하듯
낮은 곳에 기대어 다음을 기다린다

미처 발견하지 못한
어쩌면 나조차 잊어버린
나의 발걸음을 기억해 내며
나와 함께 그곳을 추억한다

언젠가부터 부단히
내 삶을 지지하고 받쳐 주는 그대는
세상에서 가장 듬직하고 견고하며
잊지 않는 미덕의 전신이다

대나무

어제도 오늘도
꼿꼿이 서 있으며
푸르를 너의 모습 앞에

감히 더 푸르러라
부탁하기 어려운 것은

너의 최선을 알기에
너의 한결같음을 알기에

더는 너에게 바랄 것이 없구나

가을의 유서

가을의 화려한 풍경 앞에 서서
무언가를 남기고 떠나는 길임을
미처 알지 못한 채,
그저 아름답다고만 여겼구나

깊은 슬픔이 단지 아름다운 것으로 치부되던
그때, 나는 그저 묵묵히 동의했었지

낙엽 하나에 그대 인생의 마지막 숨결을 느끼고
나에게 남기는 가을의 유언을 간직한다

가는 슬픔보다
함께 했던 행복을 가지고 가노라

다시 온다 약속은 나만이 할 수 있기에
너는 기다리기만 해 다오

최선으로 내 할 일을 다했기에
남긴 것이 없다 생각하지 말아 주길 바라오

지금의 나는, 무엇보다
끝을 향한 마음이 아니라
또 다른 시작을 위함이요

내 모든 약속을 낙엽에 써 두며
내 눈물까지 내가 가져가노니
말라 가는 나의 모습에 슬퍼하지 말그
그대는 그대 삶 안에서 행복하길 바라오

차디찬 겨울에
홀로 남겨졌다 여기지 않고
외롭지 않게 지내길 바라오

따뜻한 봄날,
서로 웃으며 다시 만나길 바라오

가을은 전한다

땅의 우유부단함

땅,
그 속에서
생명의 시작을 품고
생명의 탄생을 염두에 두고
생명의 연속을 꿈꾸며
생명이 함께 누려 가도록
한없는 관대함과 지지를 보낸다

땅,
꺼져 가는 생명에
매정하지 않은
우유부단함을 가지고
다음 생명력을 다짐하는
생명의 연속성을 다짐한다

땅,
모든 생명에 살아갈 이유를 보태며
생명의 기적을 일상으로 만들며
생명의 크고 작음을 가리지 않으며

자신의 본디 명분을 잊지 않는다

쉽게 생명을 놓지 않는 땅은
오늘도 나의 생명이 꺼지지 않도록
우유부단함으로 나를 지켜 낸다

작은 생명에 매정하지 않으며
작은 희망을 거절하지 않으며
작은 변화에 요동하지 않으며

우유부단함으로 생명의 기한을 연장한다

바람의 잔해

바람이 불어
선한 들판에
곡식을 뒤흔든다

부대끼고 휘날리는 낙엽은
바람의 잔해

바람을 맞이하는
산도 냇가도
아무것도 보지 못했다

보이지 않으나
늘 무엇을 남기고 떠나는 바람

오늘,
내 마음 앞에 지나간 그대는
나에게 사랑을 남기고 간다

바람의 잔해

갈라진 땅에

비가 내리지 않아
쩍쩍 갈라진
흙바닥을 내다보는 하늘의 심정은
오죽할까

갈라진 흙바닥에
물 한 바가지가
무슨 소용이냐만
타들어 가는 목마름의 끝은
시원한 냉수 한잔이듯

타들어 가는 마음에
따뜻한 위로 한마디가 목구멍을 타고
생명줄을 다시 붙잡는다

갈라진 땅에, 타들어 가는 마음에
희망의 도화선을 선사한다

파도 1

찬바람이 불어와 바닷물에 부딪히며
멀리서 온 차가운 손님을 맞이하러
바다는 파도를 만든다

바다의 크고 작은 슬픔들은
커다란 파도로 변하여 바다를 누빈다

그 어떤 삶도 슬픔을 간직하고 있다는
우렁찬 바다의 포효 위에
파도는 더욱 거세진다

그 무엇도 소멸할 수 있으며
그 무엇도 불완전할 수 있다는
바다의 슬픔을 온전히 품은 채

해안가에서 곧 사라질 파도를 안고
바다는 끝까지 엄호한다

파도는

바다 끝에서 온 힘과 마음을 다해
바다의 슬픔을 내던지고
외마디 외치며 쓰러진다

바다의 슬픈 흔적이 아쉬움 없이 지워진다

다시 살아 내야 할 바다로 돌아가
다음 생을 준비한다

비

온통, 모든 맘
네 생각뿐이다

내 마음을
끊임없이 두드린다

쉼 없이 나를 향하는 너의 도전 앞에
나는 너에게 모든 걸 맡기며
기다린다

기다림을 배반이라 하지 않으며
멈추지 않는 너를 오해하지 않으며
마음의 양을 측정하지 않으며

오직
네가 바라는 대로 사랑한다

파도 2

흩어진 파도가 지나간 자리에
무엇을 남겼는지 알지 못했다
소리 내어 아우성치는 무수한 파도 소리에도
유구무언했던 내 자신에 대한
차갑고 세찬 지적으로
그 간절함을 인생의 한 찰나에 들여다본다

나의 마음 깊은 곳까지 파도가 치며
과거의 침묵을 깬다

그 간절함은
오래도록 세상의 아픔들이 부서지길 바라고
오래도록 우리의 이야기가 이어지길 바라고
오래도록 대지 위의 생명이 지켜지길 바라는 것

또 다른 파도가 다시 저 멀리서
내일의 선물을 안고 간절함으로 달려온다

엄마의 채송화 꽃밭

초판 1쇄 발행 2025년 12월 24일

지은이   서형
펴낸이   이기봉
편집   좋은땅 편집팀
펴낸곳   도서출판 좋은땅
주소   서울특별시 마포구 양화로12길 26 지월드빌딩 (서교동 395-7)
전화   02)374-8616~7
팩스   02)374-8614
이메일   gworldbook@naver.com
홈페이지 www.g-world.co.kr

ISBN   979-11-388-5126-8 (03810)